CONOCIMIENTOS

PRESS

AMOR Y MONSTRUOS EN LA VIDA DE SOFÍA

por **Belinda Hernández Arriaga**

traducción al español por **Josie Méndez-Negrete**

illustrado por **Veronica Castillo Salas**

CONOCIMIENTOS
PRESS

PUBLICADO POR CONOCIMIENTOS PRESS, LLC
SAN ANTONIO, TEXAS

DISEÑO Y COMPOSICIÓN TIPOGRÁFICA POR ASH GOOD

ISBN: 978-1-7351210-4-8

CONOCIMIENTOSPRESSLLC.COM

AMOR Y MONSTRUOS EN LA VIDA DE SOFÍA

EL SOL DE CALIFORNIA iluminaba la pared del cuarto de Sofía. Poco modorra, despertaba con la esperanza que sus hermanitos estuvieran profundamente dormidos y sin una preocupación — disfrutando de sus sueños. Mientras que, en el trabajo, su papá había comenzado el día, y su madre trajinaba con los quehaceres domésticos.

Sofía no tenía la fuerza para levantarse. Su corazón latía con rapidez — *boom-boom, boom, boom-boom.* El aroma de los frijoles la despertó y la sacó de su cobija, y el olor de las tortillas recién hechas la forzaron a abrir los ojos, y contempló saltar de la cama inspirada por el arañar de una rama del árbol de aguacate donde el pajarito azul daba las mañanitas con su *pio, pio, pio* — la canción que bendeciría su nuevo día.

BOOM—BOOM

BOOM

BOOM—BOOM

Todavía no salía de su cuarto, cuando el dolor invadió su cuerpo. Esas agonías que constantemente interrumpían su paz y aceleraban su corazón, formaban un nudo de confusas emociones en su garganta.

"¿SERÍA LA TRISTEZA? ¿SERÍA EL MIEDO?"

Sofía se pregunto a si misma.

Confusa, se escurrió a la cocina. Ahí la música de mariachi tocaba a alto volumen. Con esa sonrisa que parecía permanentemente pintada en su cara, Mamá Graciela saludó a Sofía.

"BUENOS DÍAS, SOFÍA."

"A tu abuela le hubiera gustado saber que bien te gusto la cobija que te dio. La hizo en México con mucho amor — cuando tu naciste — era un regalo que te quería traer, pero no podía cruzar la frontera.

Sería en nuestras telefoneadas, que aprenderías la historia de tu cobija. Fue en una de esas llamadas que abuela conto de las tienditas donde ella encontraba el hilo de los colores perfectos. Con mucho amor, te la hizo.

Sofía — mi hija — tu cobija es un puente entre nuestra familia en Mexico y la de aquí. En esa cobija, tu abuela capturó nuestro amor. Lo hizo guiando que cada miembro de la familia abrazara la cobija con todo su cariño, para luego mandarla a los Estados Unidos — llegó repleta de amor."

Los ojos de Sofía se iluminaron de felicidad.

"MAMÁ, YO NO SABIA QUE EL AMOR SE PODÍA ATRAPAR EN UNA COBIJA. POR ESA RAZÓN ME SIENTO SEGURA CUANDO ESTOY CUBIERTA CON ELLA. ES MÁGICA; CUANDO ME TAPO CON ELLA MANTIENE LOS MONSTRUOS LEJOS DE MI. EN FORMA DE CARPA, ME IMAGINO PLATICANDO CON MI ABUELITA. YO SE QUE ELLA ME ESCUCHA. LE HE DICHO TODOS MIS SECRETOS."

Casi lista para ir a la cocina, Sofía bailaba alrededor de su cuarto abrazando su cobija. Cuando terminó, tendió su cama. Al meter la cobija bajo las esquinas del colchón, el miedo se hizo presente.

En la cocina, Sofía atentó ignorar el dolor que sentía. Sin embargo, los monstruos empezaban a tomar control. Quería distanciarse de esas emociones negativas, echarlas fuera de su casa, negarles la entrada, pero no podía. Fue entonces que su Mamá dijo,

"AY, MI HIJA. NO HAY MONSTRUOS. DATE PRISA. PRONTO. PREPÁRATE PARA TU DÍA."

Sofía siempre quiso haber conocido a su abuelita. Desde que pudo hacer memoria, llevaba este deseo. En sus enseñanzas sobre la cultura de Mexico, Mamá y Papá siempre le contaron historias de sus abuelos. Lo mas cercas que estuvo con su abuela fueron aquellas llamadas telefónicas que compartieron. Sin embargo, cada vez que sus padres colgaban el teléfono, para Sofía era como si le hubieran cortado parte de el corazón. Para ella, el amor y cariño que sentía por su abuelita no tenía fronteras — el espíritu de abuela estaba en su cobija arco iris.

En la cocina, su madre bailaba una canción ranchera que salía por el radio. Allí Sofía se unió a bailar con ella, y la amplia falda del mandil hecho con tela evocando el día de los muertos que su Mamá traía, ondeaba. Con el amor que se tenían la una por la otra, sus caras brillaban.

Ya en la mesa, Mamá Graciela le sirvió una tasa de chocolate caliente de Oaxaca, y una *concha* color rosa – *pan de huevo mexicano*. Remojando pedacitos de pan en su chocolate, y saboreando cada pedazo de la azúcar color de rosa, se lamia los dedos para captar las migas de pan, Sofía se tomo su tiempo.

Mientras Sofía disfrutaba, el radio tocaba un riff de acordeón que introdujo la canción favorita de Mamá Graciela; se enfocaba en la migración, y Mamá le hacía segunda. Para más claro escuchar las palabras, Sofía se acerco. Para ella, la canción reflejaba la historia de su Mamá, era como un espejo de su vida. Sin excepción, esa canción siempre les trae lágrimas a los ojos. Tímidamente, Sofía le preguntó:

"MAMÁ, ¿POR QUÉ ESA CANCIÓN SIEMPRE TE HACE LLORAR? ¿EXTRAÑAS A TU APÁ?"

Con un intenso suspiro, como aquellos que Mamá hace al inflar los globos para las fiestas de familia, rápidamente seco sus lagrimas. Con falta de palabras, Sofía alzó su tasa de talavera y con su bebida de chocolate brindó el valor de su Mamá. Fue entonces que Mamá compartiría sus aprensiones.

"Mi hija, lloro porque deje mi hermosa casita azul en Mexico para venir a Estados Unidos. Para ayudar a mi familia."

"Fue muy difícil dejarlos, y aún mas difícil encontrar trabajo para mandar dinero para que sobrevivieran. Ya que, a veces no sabían de donde vendría la comida. Muchas mañanas despertábamos con hambre. Cuando Apá se enfermo, como la hija mayor, me cayó la obligación de buscar un milagro

PARA QUE MI FAMILIA SIGUIERA ADELANTE. SI, EXTRAÑO A MI FAMILIA, Y MUCHAS VECES AÑORO VERLOS. CUANDO LLORO CON ESAS CANCIONES, ALGUNAS VECES ME RECUERDAN A MI MAMÁ. OTRAS VECES, ME HACEN EXTRAÑAR A MI APÁ, Y OTRAS MÁS ME LLEVAN AL MÉXICO QUE DEJE ATRÁS."

Inspirada con la historia de Mamá, Sofía brinco hacia ella. Y, con mucho amor, le dio un fuerte abrazo, buscando palabras para confortarla.

"No te preocupes, Mamá. Nuestra Virgencita nos cuida a todos. Uno de estos días veras a tu familia – un día Mamá."

Para demonstrar lo profundo de su amor por Amá, la abrazó fuertemente pidiendo estar con ella para siempre. Las palabras de su madre desenlazaron el abrazo que las unía.

"Si. Lo se, mi reina. Tengo mucha suerte de tenerte – mi ángel – tu me haces muy feliz." Entonces, con urgencia Amá le agrego. "Rápido. Alístate para la escuela. Vas a llegar tarde."

Amá apreciaba que a Sofía le gustaba su escuela, porque brillaba como la luz del sol, y ahí tenía amiguitas con quien jugar. Aproximando los diez años, Sofía jugaba cuerda y a las carreras. Sin falta, en su clase, Sofía era la primer de leer en voz alta. Era una buena amiga y la mejor líder de línea. En la casa, su familia la empujaba a leer, y se aseguraban de que hiciera la tarea.

Su madre no era la única invertida en ella. Cuando se trataba de la escuela, su padre tambien apoyaba a su esposa e hija. Papá trabajaba muchas horas en la florería. A pesar de su horario, él hacia el esfuerzo de encontrar tiempo para platicar con Sofía acerca de la escuela.

"NO SE TE OLVIDE QUEREMOS QUE APRENDAS INGLÉS. HAZ LO MEJOR QUE PUEDAS. ¡TU PUEDES!"

Lo unico que Sofía deseaba era hacer orgulloso a su Papá.

Pero este día, ella no sentía ganas de ir a la escuela. Los horribles monstruos, que vivían dentro de ella, le quitaban el respiro, la consumían. A pesar del amor que le tenía a sus padres, no podía tomar un paso. Sus pies se anclaban en donde estaba y su pecho se llenaba de aire frio, ya estaba harta.

Aún así, Sofía trato de caminar, quería hacer felices a sus padres. Para darse confianza a si misma, Sofía se vistió con su favorita blusa mexicana. Como era su habito, mamá le trenzó la negra y brillante cabellera a Sofía. Vestida para ir a la escuela, Sofía levantó su mochila color purpura brillante, y trató de dar un paso. Con dientes rechinando y sus emociones en nudos, Sofía se quedo donde estaba. Dándole una ultima oportunidad de saltar al camión, el chofer pito varias veces, pero el claxon falló en motivarla. Los zapatos de Sofía, como repletos de arena, la mantuvieron en el mismo lugar.

"Sofía. Rápido
mi hija. Vas
a llegar tarde."

Las palabras de su madre no pudieron motivarla. Se sentía mareada. Sus sentimientos, atrapados en la garganta, ahogaban a Sofía. Tenia miedo dejar a Amá y Apá. En ese breve momento de espera, su mente la llevó a sus preocupaciones. "¿Qué si se los llevaban cuando estoy en la escuela?" Ese horrendo pensamiento fomento sus bellos ojos cafés a llorar lagrimas que corrían como una gran cascada sobre su cara.

Sofía nunca había confiado a nadie la historia de los monstruos; las bestias que flotaban ideas tenebrosas dentro y fuera de su mente. Esas preocupaciones dominaban lo que cargaba dentro. Con frecuencia, imágenes de la separación de familias surgían en su mente, al escuchar platicas de repatriaciones a Mexico. Su miedo era tan fuerte, que podía imaginarse a la migra con su ropa en color negro, y letras en la playera identificándolos como ICE, y los espiaba en cada equina.

Aunque parecía estar pegada al piso de la sala, para mantener el miedo lejos, Sofía se visualizaba envuelta en la cobija arco iris, abrazándola fuertemente. Ahí en la seguridad de su protección, hablando con abuelita, pidiéndole que los cuidara. Para sentirse segura, Sofía recordaba historias compartidas por la familia. Aquellas conversaciones personales con abuela hacían que Sofía se sintiera a salvo. Esas noches le contó a su abuela que el susto más grande que tenía era el de la migra, excepto los cuentos que sus primos le contaron de la llorona, que hacían que su espalda se sintiera como si una ejercito de hormigas marcharan sobre ella – la migra era de la vida real y el otro era cuento de fantasía.

El camión pitó otra vez, recordándole que la escuela la esperaba. Sofía apretó la mano de su Mamá, y las palabras guardadas muy dentro de su corazón salieron con una fuerza que nunca sospechó tener.

"No puedo ir a la escuela. Tengo miedo que la migra se los lleve. ¡Tengo miedo Amá, tengo miedo!"

Inconsolable, Sofía corrió a su cuarto. Buscando apoyo, se cubrió el cuerpo, de pies a cabeza, con su cobija arco iris. Era ahí donde Sofía se sentía protegida de los monstruos, y donde cualquier trauma que cargaba desaparecía. Dentro de esa seguridad, Sofía dejaba escapar hondos suspiros. Finalmente, sin miedo, saco la cabeza para explorar, ya que esperaba oír los monstruos arrastrándose por la casa. Pero, solo encontró silencio y tranquilidad. Poco tiempo después, se abrió la puerta. Preocupada, Amá entro a su cuarto, y se sentó al borde de la cama, abrazando a Sofía como si se le escapara la vida.

"Mi hija, ¿Cuánto hace que le temes a la migra? ¿Por qué no habías compartido esos sentimientos con nosotros?" Su madre dijo, metiéndose debajo de la cobija con Sofía, para compartir el amor que las unía.

"Yo entiendo. Todos nosotros entendemos,"

dijo Mamá agregando: "Tenemos que mantenernos unidos como una familia y hablar de lo que pensamos y sentimos. A veces yo tambien tengo miedo. A veces hay buenos días. Otros días son malos. Pero, somos una familia fuerte, con mucha fe, amor, y esperanza. Cuando tenemos amor, tenemos todo." Para acabar, Amá encomendó sus palabras al poder de la fe, diciéndole. "Tenemos que agradecerle a Dios, por nuestro día, mantenernos firmes, y tu tienes que ir a la escuela. Con fuerza y unidos todos podremos luchar contra ese miedo — la migra nunca nos robará el poder de nuestro amor."

Amá le recordó a Sofía que no estaba sola, y le dijo.

"¿Recuerdas la historia de tu abuelito en Mexico? Aunque vivamos en el norte nuestro amor nos mantiene unidos. Yo se que estos tiempos son difíciles para muchos de nosotros. Pero, si te guardas el secreto, no te podremos ayudar y los monstruos — miedo y soledad — serán mas grandes y poderosos."

Con un grande suspiro, Sofía respondió.

"TE LO HUBIERA DICHO
MUCHO ANTES, AMÁ, PERO
HAY UNOS DÍAS QUE YO
CARGO MUCHO MIEDO —
HARTO MIEDO."

Después de hablar con su madre, su cuerpo se sintió libre.
Al divulgar su secreto, su dolor de estomago desapareció.
Otro día con ese dolor, y ella hubiera explotado.

Apretando su mano cariñosamente
Amá le dijo,

"HAY GENTE QUE TE PUEDE AYUDAR. A TU MAESTRA, MISS LUZ, LE ENCANTARÍA CONTESTAR CUALQUIER PREGUNTA QUE TENGAS. ELLA CARGA LA REPUTACIÓN DE AYUDAR, LE ENCANTA RESPONDER A LAS NECESIDADES DE LOS NIÑOS, AL PUNTO DE VISITARLES EN SUS CASAS. ELLA PODÍA SER UNA FUENTE DE APOYO. TAMBIEN MR. VALENZUELA, EL CONSEJERO EN TU ESCUELA ESTÁ ALLÍ PARA APOYAR A NIÑOS Y FAMILIAS, AL PLATICAR DE SUS SENTIMIENTOS. ¿QUIERES QUE TE HAGA UNA CITA CON ÉL?

TAMBIEN AHÍ ESTÁ PADRE MATEO QUE PUEDE REZAR POR NUESTRA FAMILIA. HAY MUCHA GENTE QUE PUEDE AYUDAR. POR ESTA RAZÓN, TU PADRE Y YO HEMOS TOMADO CLASES ESPECIALES EN LA COMUNIDAD DONDE ESTÁN ENSEÑÁNDONOS NUESTROS DERECHOS, Y SABER PROTEGERNOS DE LA MIGRA SI VIENE. TIENEN LICENCIADOS Y ABOGADOS QUE NOS DAN CONSEJOS PARA MANTENERNOS SEGUROS DURANTE ESTO TIEMPOS DIFÍCILES.

Enfatizando de los modos que la familia
contribuye a su comunidad, Amá le recordó.

ESTAMOS HACIENDO TODO LO QUE PODEMOS. HEMOS VIVIDO EN ESTADOS UNIDOS POR DIECINUEVE AÑOS, Y CADA DÍA TRABAJAMOS DURO."

Para demonstrar el amor que le tenia, Mamá suavemente pellizcó su cachete, diciéndole,

"TU ERES UNA HERMOSA NIÑA, ERES PERFECTA, ASÍ COMO ERES. ¡QUE NO SE TE OLVIDE!"

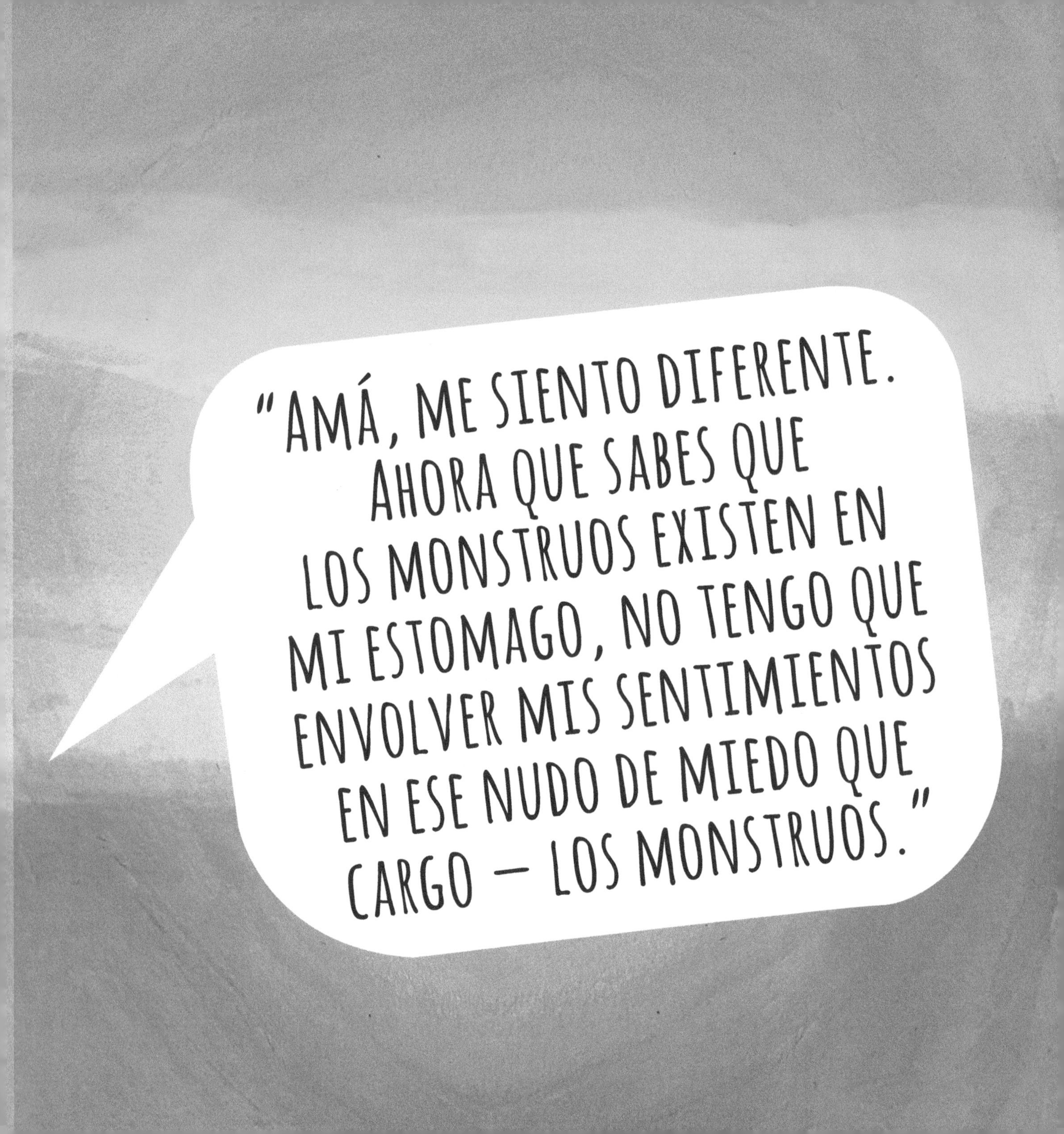
"AMÁ, ME SIENTO DIFERENTE.
AHORA QUE SABES QUE
LOS MONSTRUOS EXISTEN EN
MI ESTOMAGO, NO TENGO QUE
ENVOLVER MIS SENTIMIENTOS
EN ESE NUDO DE MIEDO QUE
CARGO — LOS MONSTRUOS."

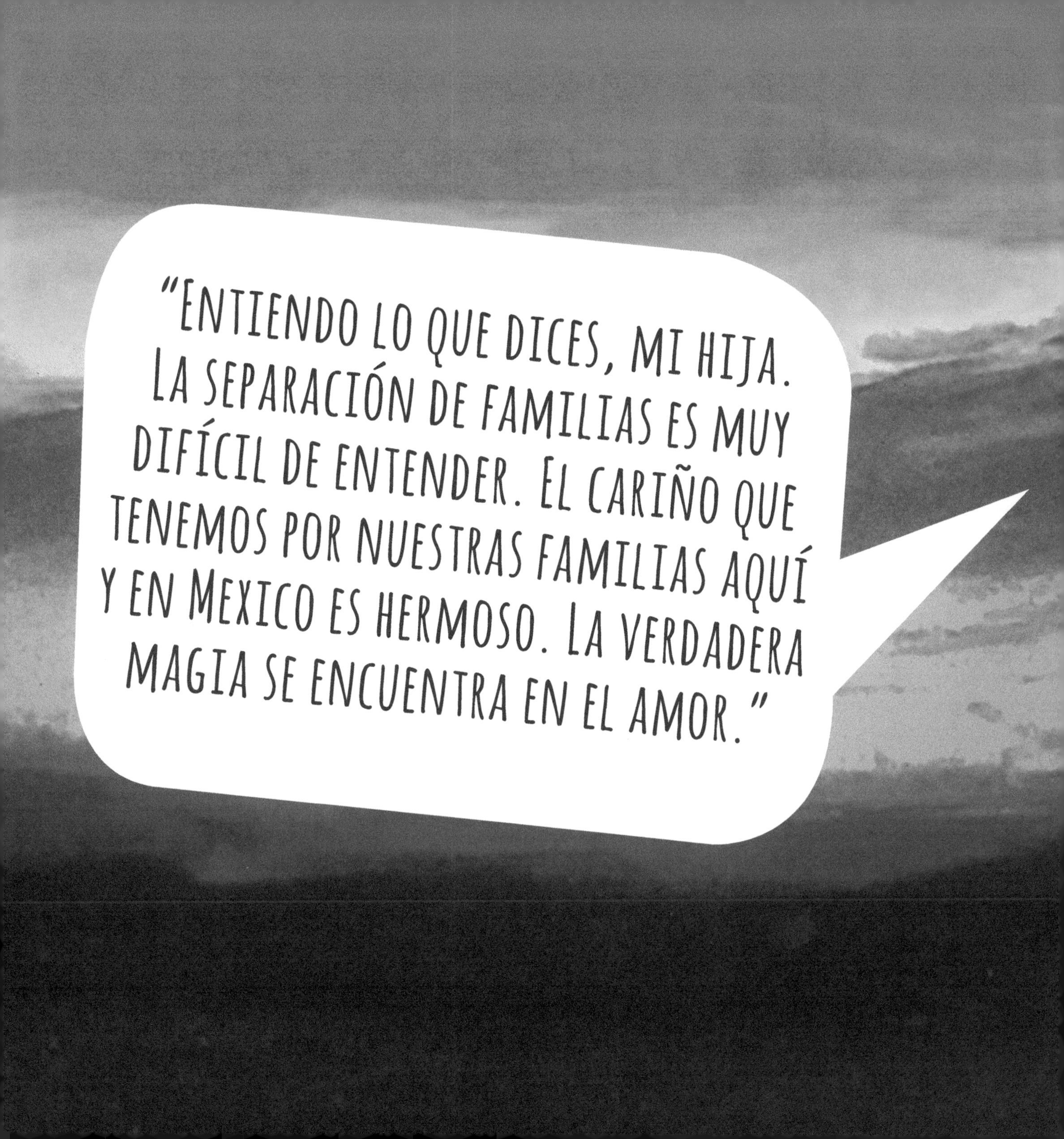
"Entiendo lo que dices, mi hija. La separación de familias es muy difícil de entender. El cariño que tenemos por nuestras familias aquí y en Mexico es hermoso. La verdadera magia se encuentra en el amor."

Alentada por tanto apoyo y amor, Sofía se sentía contenta de haber purgado el secreto. Su corazón se sentía libre, y las mariposas que vivían en su estomago habían volado. Después de esa breve pero poderosa platica, Sofía levantó su mochila y metió un rosario en una de sus bolsas. En la frente, Mamá le dio la bendición. Entonces, porque la había dejado el camión, mano-a-mano Sofía y Mamá tomaron el largo camino de tierra hacia a la escuela. Su madre tenia razón, lo unico que necesitaba era su familia. En su caminata, Sofía le prometió a su madre jamás guardar secretos, ofreciéndole que compartiría sus sentimientos.

Esa noche, cuando Sofía se fue a dormir, Apá la cobijó. Sonriéndole, la tomó de la mano, y le dijo,

"SOFÍA SIEMPRE ESTARÉ AQUI PARA ESCUCHARTE. NUESTRA FAMILIA SE HA MANTENIDO FUERTE BAJO DIFÍCILES CIRCUNSTANCIAS Y AHORA TU TIENES QUE SER UNA GUERRERA. EL ÚNICO MODO DE PELEAR ESTO ES COMPARTIENDO TUS SENTIMIENTOS PORQUE ASÍ LUCHARAS CONTRA EL PODER NEGATIVO."

Con el deseo de guardar esas palabras toda su vida, Sofía jaló el sarape arco iris hacia su corazón. Esa cobija la conectaba al dulce amor de la familia, y la hacía creer que nunca la separarían de ellos — ni los monstruos, ni la migra — porque los llevaba en su corazón.

Sofía le dio las buenas noches a su padre, reconociendo que todo estaría mejor. Después de todo, estaban juntos y tenían la unidad de familia, y el apoyo de la comunidad. Sofía se sentía segura de que todo estaría bien. En el calor de su cobija arco iris, Sofía le dio las buenas noches a su abuela: "buenas noches, abuelita." No estaba sola, y al saber que mucha gente le apoyaba, Sofía confiadamente se durmió.

☾

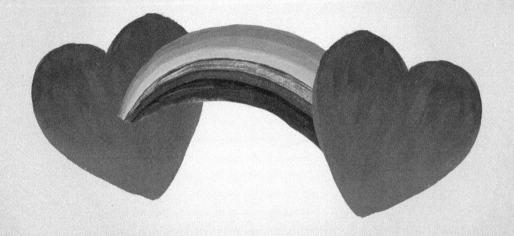

Belinda Hernández Arriaga, Ed.D., MSW, y LCSW es profesora asistente de Consejería Psicológica en la Escuela de Educación, en la Universidad de San Francisco (USF). Además de instruir, conducir investigación, y tener responsabilidades de servicio, es la fundadora y directora de Ayudando Latinos a Soñar (ALAS), cual provee servicios de salud mental. ALAS es un programa cultural y de servicios sociales que apoya a trabajadores del campo y sus familias, en la ciudad de Half Moon Bay, California. Su trabajo clínico se enfoca en las necesidades de salud mental para Latinos, con énfasis de ayudar a niños desplazados que buscan asilo y a las familias que han sido forzadas a quedarse en la frontera de México-EUA bajo el proceso del Protocolo de Protección Migratorio (MPP). Como cofundadora del equipo de Relieve de la Area de la Bahía, Hernández Arriaga tiene amplia experiencia para trabajar con el trauma de la inmigración y ha desarrollado "undocutrauma" como método de trabajo con familias e hijos de estatus migratorio mixto.

Veronica Castillo Salas, artista maestra de Izúcar de Matamoros, Puebla, pertenece a la cuarta generación de artistas del barro policromado en las creaciones de árboles de la vida. En 2013, se le fue otorgado el National Heritage Fellowship del NEA por sus contribuciones artísticas con el barro. Castillo Salas es la propietaria y directora de La Galería EVA (Ecos y Voces del Arte) en San Antonio, Texas.

Josie Méndez-Negrete, PhD es profesora jubilada con el rango emérita en su disciplina y es la propietaria de Conocimientos Press, LLC. Ella ha traducido este libro.

CPSIA information can be obtained
at www.ICGtesting.com
Printed in the USA
BVHW021416020921
615898BV00021B/566

9 781735 121048